あなたはイスに座って、
ウェイターが注文を取りにきました。

あなたは一番好きなお茶を頼んで、
そして、この本を開きました。

お茶が運ばれてくるまでの、
本のひととき——

「ばけもの」

あなたが、どうしようもなく悲しくなったとき――
化け物がやってくる。

化け物は、あなたを容赦なく襲う。
あなたは痛い。
あなたは苦しい。

あなたが逃げても、化け物は追ってくる。
どこまでも追ってくる。

あなたがどこに逃げても、
化け物はそこにいる。
あなたのいる場所に、
化け物はいつもいる。

あなたが起きているときも、
寝ているときも、
化け物はそばにいる。
ずっとそこにいる。
いつまでもそこにいる。

やがて——
あなたは気づく。
化け物があなたを襲っても、
前ほどの痛みや苦しみを感じなくなっていることに。

やがて——
あなたは気づく。
いつまでもそばにいるのに、
化け物があなたを襲わなくなっていることに。

あなたの隣であくびをしたり、
暇そうにすり寄ったり、
あなたの頬を軽くなめたり。
あなたは、そんな化け物と一緒に生きていく。

そして、その化け物は、
あるとき、あなたに大変な勇気が必要になったとき——
あなたの忠実なしもべになる。

あなたを守り、
あなたに尽くし、
あなたのために戦う、
なによりも強い、力になる。

化け物は、ずっとそばにいる。
あなたと共に、生きていく。

海よりも、
旅行よりも、
広い空よりも、
素敵な香水よりも、
甘い甘い紅茶よりも、
涼しい初秋の風よりも、
咲き誇る春の花々よりも、
暖かい牡蠣のスープよりも、
ラジオから聞こえる歌よりも、
深く透き通った湖の水面よりも、
大粒の雨がリズムを刻む音よりも、

「らぶれたー」

雪が降りしきる深い森の静寂よりも、
庭一面に咲いた紅色のひなげしよりも、
木陰に吊ったハンモックのお昼寝よりも、
熱いお湯がたっぷりと出るシャワーよりも、
ぴったりと拵えられた真っ白なドレスよりも、
幸せそうに寝ているたくさんの子猫たちよりも、
天井いっぱいに描かれた天使と女神様の絵よりも、
草原をのんびり進む馬車の窓から見える稜線よりも
通り雨の後に二重になって輝いている大きな虹よりも、
お茶と笑顔とケーキが溢れたお誕生日パーティーよりも、
君が好き。

「くすりはひとつ」

あなたは、この村の村長さん。
町から遠く離れた、小さな村の村長さん。

ある日、珍しい病気になった村の子供が二人。
同い年の男の子と女の子。

くすりがあれば、すぐに治る病気。
くすりがなければ、すぐに死ぬ病気。

村で手に入ったくすりはひとつ。
町に取りに行く時間はなく、助かるのはひとり。

あなたは、この村の村長さん。
町から遠く離れた、小さな村の村長さん。

二人の子供の親は、あなたに全てをゆだねます。
「村長であるあなたが、どちらに飲ませるか決めてください」

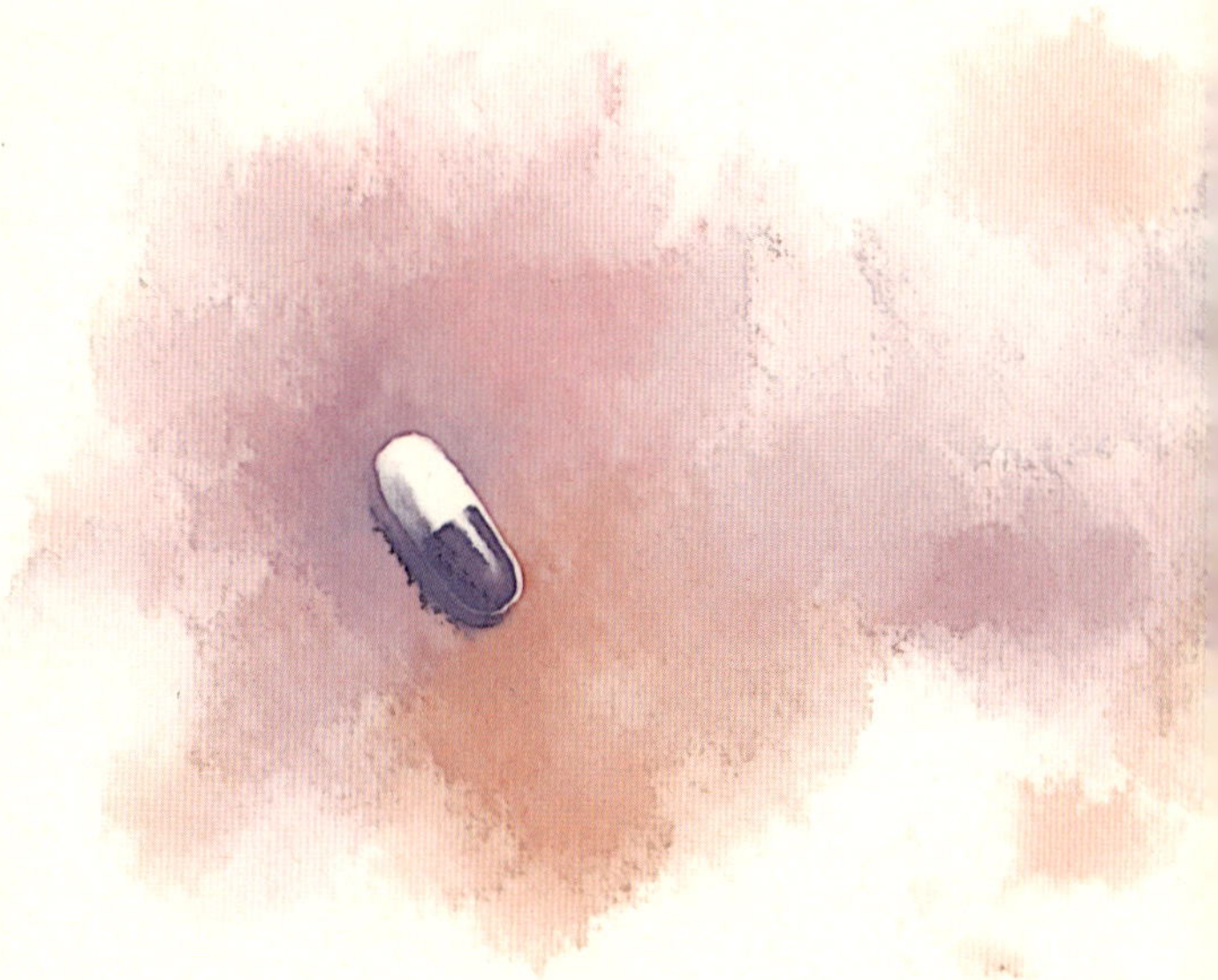

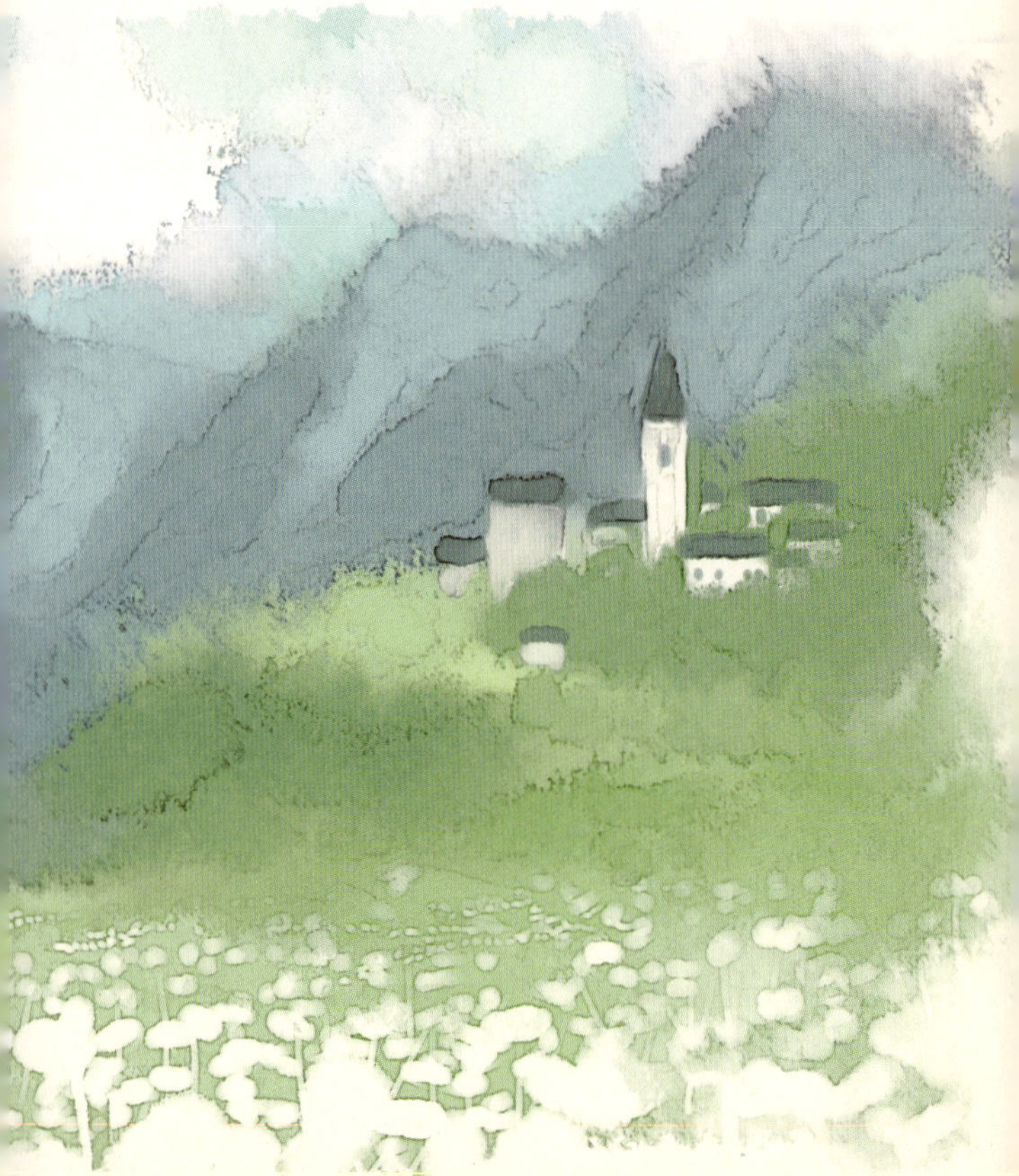

あなたは、この村の村長さん。
町から遠く離れた、小さな村の村長さん。

そしてあなたは、
（　　　　　　　　）ました。

こうして、
あなたの村の人口は、
一人だけ減りました。

「しんしのはなし」

ある日、ある時、ある汽車の中でのお話です。

混んでいる車内で、老婦人にさらりと席を譲った青年がおりました。

「まあ、ありがとう。あなたはとても紳士ですのね」

老婦人の言葉に、その青年は首を横に振りました。

「いいえマダム。私は紳士ではありません」

「では？」

青年が、丁寧な口調で答えます。

「私は単なる野蛮人です。ただ、常に紳士のフリをしているだけなのです」

「まあ。では、あなたはなぜ紳士のフリをなさっているのかしら？

大切な理由がお有りなんでしょう？」

「ええ。それはですね――」

「それは？」

青年は、小さな声で答えました。

「私が野蛮人であることを、誰にも知られたくないからですよ」

「はな」

広い広い草原に、
一つの種が芽吹いて、

若葉はお日様の光を浴びて、
幹は逞しく伸びて、

やがて小さな蕾を宿して、
蕾は大きく膨らんで、

力強く花を咲かせようとしたその日に、
人間が大きな機械に乗ってやってきて、
その花も他の草も草原も、
全て潰して平らにして、

その上にアスファルトの道路を敷いて、
せせこましい区画に大地を切り分けて、

コンクリートでできた家を建てて、
その前に、申し訳程度の土を置いて、
その土の上で、小さな女の子が言いました。

「ここに、お花の種を植えるの！
お庭いっぱいに、お花を咲かせるの！」

「やりたいこと」

まず、自分の年齢を倍にしましょう。

そして、その歳になった気分になって——

「ああ……、せめてあと半分若ければ、私にだってあんなことができたのに」

そう思ったことを、今からやりましょう。

「ぶき」

普段から武器を持たない人間ほど、
普段から武器を持つ人間を
残忍だと貶し、

誰かの武器により
自身の安全が保たれたことを無視し、
いつか武器を持つと
手がつけられないほど残忍になる。

「あなたのいるばしょ」

ある日、登山者が道に迷ってしまいました。
自分のいる場所が、
分からなくなってしまいました。

N

登山者は地図を出してコンパスを出して、
あれこれ調べて計算して――
「分かった！」

登山者は、はるか彼方に見える高い山を見ながら言います。

「私は今、あの山の頂上にいるんだ！」

もちろんこれはよくある冗談です。

冗談ですが——

あなたは今、どこにいますか?

あなたは今、どこにいると思っていますか?

そこは本当に、あなたのいる場所ですか？
そこは本当に、みんながあなたがいる場所だと思っている場所ですか？

あなたは今、どこにいますか？
あなたは今、どこにいると思っていますか？

「りゆう」

近しい人が死んだのに、あなたがまだ生きている理由？
その人を忘れないでいるためですよ。簡単でしょ？

「かべ」

人生の壁を目の前にすると——
ほとんどの人が、その高さに尻込みしてしまいます。
「こんなのを乗り越えるのは、無理だ」と。

壁の向こう側へ行けた人は、皆知っています。

それを――、乗り越える必要はなかったことを。
それは――、ぶち破ればいいものだということを。
それが――、どれほどの薄さだったかということを。

「べっど」

街を歩いていたら、
とても素敵なベッドを見つけた。
上質の木を使って、
丁寧に造られていて、
派手すぎず地味すぎない、
とてもシックな色と細工で、
小さくて私の体にぴったりだから、
大きなシーツや毛布は必要がなくて、

柵がしっかりしているから、
寝ぼけても転げ落ちる心配がなくて、
とても軽く造られているから、
私一人でも模様替えができて、
眩しい光を遮るための覆いもついているから、
白夜でもぐっすり眠れることができて、
他の誰にも使われないように、
私の名前を彫り込んでもらえて、
そんなとても素敵なベッドを見つけたので、 すぐに買った。

執事やメイド達は新しいベッドをとっても嫌がったが、屋敷に運んでもらった。
それから毎日、そのベッドで寝ている。
とても素敵な、そのベッドで寝ている。
とてもすっきり目が覚めて、気持ちのいい朝を迎えている。
執事やメイド達は嫌がっているが、今も屋敷で使っている。
みんなは『棺』って呼ぶ私のベッド。
とっても、とっても、お気に入り。

「さくせす」

成功する秘訣は、
自分は特別な人間だと思って努力すること。
成功し続ける秘訣は、
自分は特別な人間ではないと思って努力すること。

「たびびと」

歩いて旅をする人は——
道に咲く小さな花びらの形を覚えている。

自転車で旅をする人は——
峠を越えた先に見えた景色を覚えている。

オートバイで旅をする人は——
坂道の途中で変わった気温を覚えている。

車で旅をする人は——
隣の人と交わした感動の言葉を覚えている。

飛行機で旅をする人は——
太陽が染めて雲が隠した大地の色を覚えている。

「けいけん」

過去に辛い経験をしたから成功した、と言う人は、
過去に幸せな経験をしていても、やっぱり成功していたでしょう。

過去に辛い経験をしたから失敗した、と言う人は、
過去に幸せな経験をしていても、やっぱり失敗していたでしょう。

「みため」

泣いている人が、
悲しんでいるとは限らない。

笑っている人が、
楽しんでいるとは限らない。

喋っている人が、
そう思っているとは限らない。

黙っている人が、
答えを持っていないとは限らない。

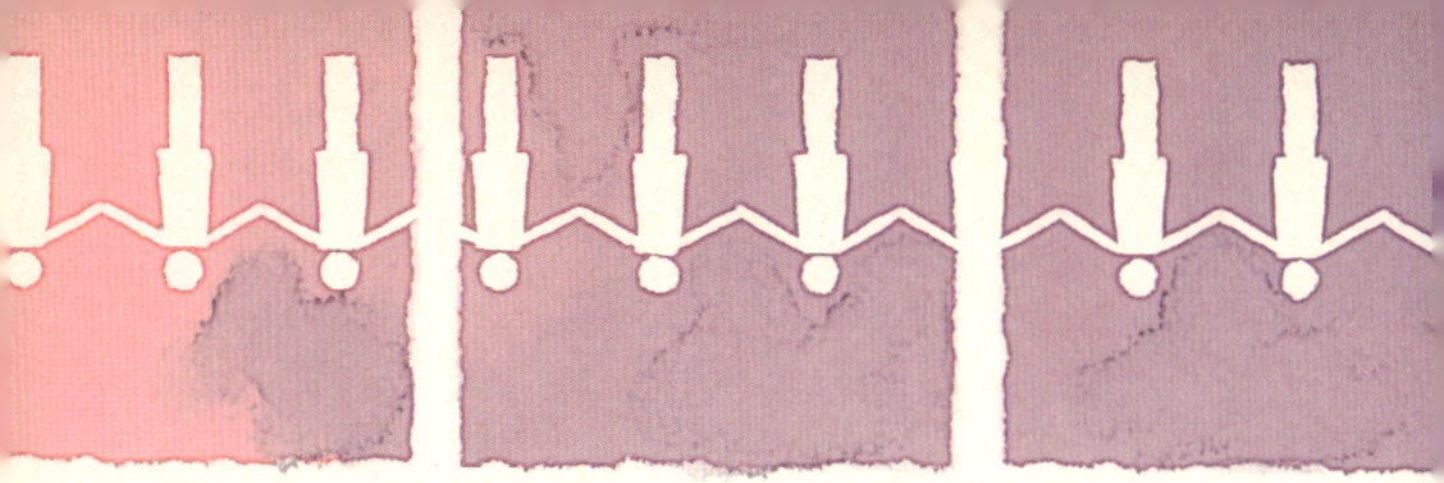

「きょうのできごと」

二人の男が、のんびりとお酒を飲んでいました。

「今日の夕刊を見たかい？」

「いいや、まだだ。そんな沈んだ顔をして、何か悲しいニュースでもあったのかい？」

「ああ。遠くの国で、また戦争が始まったそうだ」

「ふうん。そうかい」

「どうして、人間は殺し合うんだろう？　たくさんの死者が、たくさんの悲しみが生まれるというのに、どうしてだろう？」

「…………」

「同じ地球に生きる、同じ人間同士じゃないか。お互いを愛し合って、尊敬し合って、惜しみなく与え合えば戦争なんかすぐになくなるのに、どうしてそれができないんだろう？」

「ここに、おまえの財布がある。今日は給料日だから、大金が入っている。おまえが一ヶ月一生懸命働いて手にしたお金だ」

「ああ。それがどうした？」

「それを今から、俺が少し盗む」

「ぶっ殺すぞテメエ！　これは妻子を養うために必要な金だ！　鐚一文やるものか！」

「つまりはそういうことだ」

「…………。ああ、そういうことか」

「そういうことだ」

「今日の夕刊を見たかい？」

「見てないとさっき言った」

「そうだったな。漫画が面白かったぞ」

「そうか。後で見てみよう」

「しんあいなるあなたへ」

親愛なるあなたへ。
そちらはどうですか？
元気にしていますか？
私は元気です。みんなも元気です。安心してください。

あなたが突然旅立たれたのには、とても驚きました。
一度も帰ってきてくれないところをみると、
そちらはとてもいいところらしいですね。
とっても気に入っているみたいですね。

あなたのことです。そちらでも楽しくやっていると思います。
私は、何も心配していません。
私もそのうちそちらへ行きますが、
それがいつになるかは、まるで分かりません。
早くあなたに会いたいのですが、もう少しだけ待っていてください。

天国のあなたへ。
愛を込めて。

「まほうつかい」

とある人間を、自分の好きなように動かせる魔法があったら――
あなたはどうします？

その人をあなたの思い通りに動かして、
その人の経験を、
その人の感動を、
すべて手に入れることができる魔法です。
そんな魔法使いになりたくはありませんか？

もしなりたいのなら――

今すぐ洗面所に行って鏡を見てください。

魔法使いはそこにいます。

魔法がかけられる相手も、そこにいます。

時雨沢恵一　著作リスト

お茶が運ばれてくるまでに　~A Book At Cafe~（メディアワークス文庫）
キノの旅　the Beautiful World（電撃文庫）
キノの旅II　the Beautiful World（同）
キノの旅III　the Beautiful World（同）
キノの旅IV　the Beautiful World（同）
キノの旅V　the Beautiful World（同）
キノの旅VI　the Beautiful World（同）
キノの旅VII　the Beautiful World（同）
キノの旅VIII　the Beautiful World（同）
キノの旅IX　the Beautiful World（同）
キノの旅X　the Beautiful World（同）
キノの旅XI　the Beautiful World（同）

キノの旅XII the Beautiful World（同）
キノの旅XIII the Beautiful World（同）
学園キノ（同）
学園キノ②（同）
学園キノ③（同）
アリソン（同）
アリソンII 真昼の夜の夢（同）
アリソンIII〈上〉 ルトニを車窓から（同）
アリソンIII〈下〉 陰謀という名の列車（同）
リリアとトレイズI そして二人は旅行に行った〈上〉（同）
リリアとトレイズII そして二人は旅行に行った〈下〉（同）
リリアとトレイズIII イクストーヴァの一番長い日〈上〉（同）
リリアとトレイズIV イクストーヴァの一番長い日〈下〉（同）
リリアとトレイズV 私の王子様〈上〉（同）
リリアとトレイズVI 私の王子様〈下〉（同）
メグとセロンI 三三〇五年の夏休み〈上〉（同）
メグとセロンII 三三〇五年の夏休み〈下〉（同）
メグとセロンIII ウレリックスの憂鬱（同）
メグとセロンIV エアコ村連続殺人事件（同）

メディアワークス文庫

お茶《ちや》が運《はこ》ばれてくるまでに

~A Book At Cafe~

時雨沢恵一《しぐさわけいいち》／黒星紅白《くろぼしこうはく》

発行　2010年1月25日　初版発行

発行者　髙野 潔
発行所　株式会社アスキー・メディアワークス
〒160-8326　東京都新宿区西新宿4-34-7
電話03-6866-7311（編集）
発売元　株式会社角川グループパブリッシング
〒102-8177　東京都千代田区富士見2-13-3
電話03-3238-8605（営業）
装丁者　渡辺宏一（有限会社ニイナナニイゴオ）
印刷・製本　旭印刷株式会社

Printed in Japan
ISBN978-4-04-868286-2 C0193

アスキー・メディアワークス　http://asciimw.jp/
メディアワークス文庫　http://mwbunko.com/

本書に対するご意見、ご感想をお寄せください。

あて先

〒160-8326　東京都新宿区西新宿4-34-7　株式会社アスキー・メディアワークス
メディアワークス文庫編集部
「時雨沢恵一先生」係